난 고3 아빠고
파이팅을 맡고 있어

난 고3 아빠고
파이팅을 맡고 있어

오전 10:05

이기봉·이강인

오전 10:17

비밀신서

딸이 고3 수험생이 되자 '고3 수험생의 아빠로
서 나는 어떤 역할을 해야 하나'란 고민이 저절로
들었다. 그리고서 내린 결론은 아빠로서 딸을 가르
치려 하지 말고 딸의 선택과 삶을 도와주려는 자세
를 늘 견지하자는 것이었다. 이 노력은 딸이 태어나
면서부터 계속 해왔던 일이기도 하다. 이를 실천하
기 위해 아주 소박한 네 가지 원칙을 세웠다.

첫째, '너 왜 그러니?'란 말 안 하기. 둘째, 딸이
피곤하여 원하면 언제든지 어깨 주물러주기. 셋째,
딸이 용돈을 달라고 하면 아무 조건 없이 곧바로
대답하고 주기. 넷째, 교복 깨끗하게 입혀 보내기.

이 중 첫째는 아무리 원칙을 세웠다고 하더라도
감정적으로 '툭' 하고 튀어나올 수 있는 것이기에
수행자처럼 끊임없이 나를 단련시키지 않으면 지
켜나갈 수 없다고 생각했다. 그래서 선택한 방법이
고3 때 딸과 주고받은 문자를 저장하는 것이었다.
문자 한 글자, 문장 한 줄을 쓰더라도 너무 급하지

않게, 너무 부담스럽지 않게 지속적으로 노력한다면 감정적으로 내뱉는 말을 최대한 방지할 수 있다고 보았다.

아무리 좋은 의도여도 딸이 동의하지 않는 일은 하지 않는 것이 나의 원칙이기도 하다. 그래서 5월 어느 날, 딸에게 대화를 요청하였다. 딸이 흔쾌하게 응해주어서 고3 수험생활 동안 아빠가 지키려고 하는 네 가지 원칙을 말해주었다. 그랬더니 딸에게서 '좋다'는 대답이 왔다. 그 답을 듣고 나서 딸과 주고받은 문자를 아빠가 저장하려고 한다는 것과 그 이유도 말해 주었더니 그 또한 '좋다'는 대답이 왔다. 다만 수능시험 당일까지만 저장하고 그 이후에는 저장하지 않는다는 다짐까지 말해주었다. 아빠가 성인이 되어 가는 딸의 인생에 지나치게 관여하는 것이라고 판단되었기 때문이다.

딸이 수능시험을 보고 집으로 돌아왔을 때 네 가지 원칙을 거의 다 지킨 것 같아 다행이었다. 문자를 저장하면서 의식적으로 나 자신을 되돌아본 덕분이라고 생각한다. 딸에게도 아빠가 제대로 지켰는지 물어보니 아빠는 잘 지켰다고 대답해 주어 고마웠다.

작은 결심으로 시작하고 딸의 동의를 받아 끝맺은 고3 수험생 시기의 문자들이 이렇게 책으로 엮일 줄은 꿈에도 생각지 못했다. 그냥 아빠로서 할 일을 하고자 했을 뿐인데 출판사 대표님과의 우연한 첫 만남에서 보여드리니 나름 의미 있다고 생각하셨던 것 같다.

그래도 출판에 대한 뜻밖의 이야기를 들었을 때 나는 멈칫했다. 딸과의 이야기이기에 딸의 동의를 받지 않고는 출판할 수 없었기 때문이다. 그래서 늦은 밤 퇴근하여 딸과의 대화를 요청하였고, 딸에게 상황 설명을 해주었더니 신기하다며 흔쾌하게 '예스' 해주었다. 다음 날 아침에 다시 물었다. '예스'라는 마음 변함없냐고. 그랬더니 변함없다는 대답이 왔고, 그래서 이렇게 출판을 하게 되었다.

나는 딸이 태어나면서부터 평범한 아빠이기를 바랐고 그렇게 노력해 왔다. 다만 21세기 대한민국의 아빠로서 '평범한 아빠'란 무엇인지에 대해서는 계속 고민하였고, 결론은 늘 가르치는 것이 아니라 도와주는 것이었다. 그리고 자라면서 계속 변화하는 나의 딸이었기에 그런 변화를 어떻게 받아늘이고 어떻게 맞추어나가야 하는지 지속적인 판단과 결정을 하지 않으면 안 되었다.

딸과 함께 한 지난 20년은 나의 삶이 더 성숙해지는 시간이었고, 앞으로 딸과 함께 할 무수한 시간 또한 나의 삶이 더 성숙해질 수 있는 시간일 것이라 기대한다. 그래서 1999년 7월 29일에 태어난 나의 딸 이강인은 지금까지도 그리고 앞으로도 아빠 이기봉에겐 자신의 삶을 돌아보고 성숙하게 만들어주는 고마운 존재다. 그런 딸에게 마지막으로 하고 싶은 말이 있다. '지금까지 항상 고맙고 자랑

스러운 아빠의 딸이었고, 앞으로도 고맙고 자랑스
러운 아빠의 딸입니다.'

2018년 1월 29일

아빠 이기봉이 씁니다.

차례

2017년 2월

꿈은 세상 그 무엇보다 크게 가져라
그리고 꿈이 아닌 것은 세상 그 무엇보다도
작게 가져라.
그러면 행복할 것이다.

딸님, 독서실 갔나요?
그리고 쓴 글은 잘 놓고 나왔나요?
오늘도 꾸준꾸준이가 되시길~~
지겨움이 느껴지면
잠시 쉬는 걸
아까워하지 마시길~~~
오늘도 호이딩! 하세용!

오전 10:05

딸이 고등학생이 된 이후 문자를 보낼 때는
존댓말을 썼다.
우선 내가 딸에게서 존중받고 싶었고 딸도 존중받는
느낌을 받을 수 있길 바라기 때문이다.
'호이딩'은 파이팅을 귀엽게 한 표현이다. 귀여웠기를.

2. 17.(금)

> 딸, 오늘도 공부 잘 되고 있나요?
> 힘들 땐 쉬엄쉬엄 해요.
> 꾸준이가 최고랍니당!

오전 10:10

나는 꾸준하게 계속하는 걸 잘한다는 말을 잘 듣는다.
딸도 그런 면모를 가졌으면 해서 '꾸준이'라는
말을 잘 쓴다.
장꾸준이라는 별명을 가진 두산베어스의 장원준
선수도 꾸준함으로 성공한 친구라서 좋아한다.

딸, 오늘은 컨디션 회복했나요?
무쪼록 아빠는 호이딩 보냅니다.

오전 9:53

공부를 잘하는 방법 중 제일은 건강한 것이라고
생각한다.

딸, 날씨가 차분한데
공부는 그럭저럭 되나용?
호이딩 보내요오.

오전 10:32

고3 초에는 문자를 보내도 답장은 없었다.

딸, 날씨가 이제는 봄으로 가는 것 같은데 오늘 공부 잘되고 있기를 바래용!

오전 10:16

가능한 공부 얘기는 안 하려 했는데 새어나와 버렸네.
아차!

2. 25.(토)

딸, 잘 일어나서
공부 그럭저럭 되고 있나요?
지금 아빠 옆에는
동료 선생님의 여섯 살짜리 아들이
왔다갔다 한답니다.
호이딩! 보내요.

오전 11:13

학교에 가지 않는 토요일에는 깨울 겸해서
문자를 보낸다.

> 딸, 만두 꺼내놓고 왔어요.
> 오늘도 호이딩 보내용!

오전 10:24

만두 만들기를 좋아해서 한번에 80~100개를 금방
만든다. 잡채면을 삶아서 자르고, 돼지고기와
김치를 다진다. 거기에 라면을 부셔 라면스프와 함께
섞은 후 시중에서 파는 만두피로 싸면 끝.
딸은 내가 만든 만두를 좋아한다.

딸!
뚱띵이는 오직 먹는 거에,
강인이는 오직 공부에 온 집중!
하하
딸은 그러지 말고 쉬엄쉬엄 해용.
호이딩!

오전 11:11

집에는 시츄 강아지 2마리가 있는데 덩치 큰 놈은
뚱이, 덩치 작은 놈은 땡이다. 둘이 합쳐서 뚱땡이!
딸이 강아지를 좋아해서 강아지 기운을 빌려
파이팅을 보내곤 한다. 뚱이는 힘차게 파이팅 보낼 때,
땡이는 귀엽게 파이팅 보낼 때 이름을 빌린다.

2017년 봄
3~5월

예쁜 네놈보다 씩씩한 네놈이 되거라.

딸님.
마지막 혼자 공부 그럭저럭 되지요?
뚱땡이 호이딩 보내요.

오전 9:15

딸, 비오는데
우산 가져갔나요?

오전 9:30

아빠 파이팅보다 강아지 파이팅을 더 보내는 이유는
부담스럽지 않게 하기 위해서다.

3. 2.(목)

> 딸, 오랜만에 간 핵교
> 잘 적응되나용?
> 오느을도 꾸준 호이딩!

오전 8:01

········· 3. 5.(일) ·········

딸, 독서실에서
공부 그럭저럭 되지요?
호이딩! 보내용!

오전 11:58

어서 와요.
밥 먹었어요?
안 먹었으면
천렵국과 부대찌게 중 하나
해줄 용의가 있어요.

오후 8:11

천렵국은 요즘 말로 어죽이라고 한다.
내 조리법은 간단하다.
물에 김치와 햄, 소시지, 국수를 넣고 끓인다.
국수를 따로 삶아 끓이는 게 아니고 그냥 넣어 끓인다.
면에 간이 남아 있어서 딸이 그걸 더 좋아한다.
저어주면서 끓여도 국수가 좀 불어있는 상태가 된다.
그래도 딸은 내가 해주는 천렵국을 좋아한다.
요리에 소시지를 넣으면 실패 확률이 줄어든다.

딸님. 요즘 어때요?
ㅎㅎㅎ
힘들어도 쉬엄쉬엄 꾸준히 하기를
아빠는 바란답니다.
쉬엄쉬엄 꾸준히 호이딩!

오전 7:41

3. 9 (목)

> 강인님.
> 양지바른 곳에는
> 봄기운이
> 아스라이 올라오더군요.
> 강인님이
> 봄기운 받아
> 공부 쉬엄쉬엄 자알 되기를
> 아빠는 바란답니다.
> 호이호이!
>
> 오전 11:10

아빠도 봄기운 뽈뽈 느끼면서
화이팅 해요~

오전 11:30

문자 보내기 시작한 지 한 달이 채 되기 전에
첫 답장을 받았다. 날씨 이야기가 좋았던 것일까?
또 날씨 이야기해야지.

35

딸님.
대통령이 파면되었네요.
좋은지 나쁜지를 떠나
앞으로 딸님의 시간은
경험할 새로운 것이 많을 겁니다.
궁금한 미래를 생각하며 호이딩!

오전 11:39

딸.
산수유 노란 꽃망울이
막 터지려 하네요.
딸의 마음이 바빠 못 볼 것 같아서
아빠가 봄소식 전해 봅니다.

오전 11:31

꽃도 노랗고 눈앞도 노랗고…

오전 11:33

노란 꽃망울이 터지면
파릇파릇 새싹으로 가득한 세상이 되듯이
딸님의 노란 눈앞도 꾸준꾸준히가 되어
뻥 뚫리는 파란 초원으로 변할 거라 믿어용!
꾸역꾸역이 아빠 이기봉봉봉봉.

오전 11:47

ㅋㅋㅋㅋ 아빠도 꾸준히 파이팅~

오전 11:51

눈앞이 노랗다는데 말문이 턱 막혔다.
무슨 말을 해서 희망을 줄 수 있을까? 많이 고민했다.

딸. 모의고사 봤다면서요.
결과에 따라 만족할 수도, 실망할 수도
있을 거라 봐요.
다만 하루 정도 지나면 어떤 것이든
자신의 현 상황 점검과 다음 모의고사까지
뭐에 더 집중해야 하는지
방향 설정의 자료로만 보면 좋지 않을까
해용!
딸, 땡이 호이호이딩! 보냅니다.
아빵 봉봉.

오전 9:07

3. 21 (화)

딸님.
봄이 되니 좀 나른해질 것 같아요.
나른할 때는
과감히 조는 것도 괜찮을지 몰라요.
쉬엄이 꾸준이 아빠 딸 이강인!
뚱이 땡이 호이딩 보냅니다.

오전 10:24

이기봉 딸 이강인에게
땡이 호이호이 보냅니당!

오전 8:05

호이호이는 파이팅파이팅을 나만의 방식으로
귀엽게 한 표현이다.

이강인님.
날씨가 좋네요…
어제 저녁밥 조금 먹는 우리 딸 보며
음…대단하네 이렇게 생각했어요.
오늘은 뚱이 퐈~~~링! 보냅니다.

오전 8:04

> 딸. 날씨가 차네요.
> 환절기 감기 조심!
> 호이호이 보내요!

오전 8:02

> 딸… 어제는 아빠가 외교부에 가서
> 독도 강연 신나게 하고 돌아오느라
> 늦어서… ㅎㅎㅎ…
> 누미 호이딩 보내용!

오전 7:41

누미는 할머니댁 토종견이다.
딸이 누미도 좋아한다.
뚱이 땡이 파이팅만 보내면 심심하니까
누미 파이팅도 보낸다.

딸. 날씨는 선선한데
꽃과 나뭇잎은 한창 봄으로 가네요.
누미 호이딩 보내요!

오전 8:09

날씨, 꽃 이야기에 답장비율이 높은 것 같아
짧은 안타를 시도해 본다.

기대지 않는 늠름한
이기봉의 딸 강인님!
아침부터 아빠가
작고 귀여운 호이호이 보내요.
호이!호이!

오전 7:45

강인이는 아침에 혼자 일어나서
혼자 밥을 챙겨먹고 다닌다.
혼자서 자신의 삶을 잘 챙기고 결정해 나가는 딸이
정말 대단하다고 생각한다.
내가 할 일은 따님이 나에게 요청할 때
도와주는 것이다.

딸. 봄비가 오네요.
아빠 딸 같은 봄비가…

오전 7:42

딸… 시작이 어렵지 시작하고 나면
술술인 거 알지요?
혹 자고 있다면 일어나서 나가거나
책상 앞에 앉아용.
아빠는 열심히 글 쓰고 있답니당!
뚱이 땡이 퐈~~~링!

오전 11:15

4. 5 (수)

> 딸님 우산 괜찮았죠?
> 무리하지 말고요.
> 벵균들아 벵균들아 에잇 물러가랏!

오전 8:15

❧

어릴 때 딸에게 병균을 벵균이라고 말했는데
그 기억에 딸과 공유하는 단어를 사용하려고
벵균이라고 한다.

병균은 서서히 물러나는 중입니당.
아빠야
20,000원 부탁드림!

오후 4:03

알겠어요.

오후 4:04

돈 이야기에는 절대 '왜'를 묻지 않는다.
그냥 가장 짧게 대답한다.
현금은 회사 서랍에만 두고 다니는데
용돈을 요청받으면 퇴근할 때 돈을 들고 가서
딸에게 준다.

딸!
진짜 봄이네 진짜 봄!
뚱땡이 밖에 나가고 싶어 안달하는
진짜 봄!
뚱땡이 생각하며 오늘도 화이팅 해요!

오후 1:45

아빠도 꽃 보면서 파이팅!

오후 2:19

역시 꽃 얘기는 답장을 잘 받을 수 있는 비결이다.

강인님.
피곤하면 잠시 눈을 부치는 용기를 갖는
아빠의 딸님이시길…
오늘도 남은 시간 홧팅!입니다.
아빠 봉봉이가…

오전 8:10

내 이름이 이기봉이라 봉봉이라는 별명으로
불린 적이 있다.
문자의 무거움을 없애고 가볍게 다가가고 싶은
나의 표현이다.

강인님!
지하철 타니 벌써 덥네요.
뚱땡이 혓바닥 길게 늘어뜨리고
침 질질 흘리며 켁켁 산에 오르는 계절을
기념 삼아 뚱호이! 땡호이!
보내요옹!

오전 7:05

강아지 시츄 2마리의 나이가 10살이다.
이제는 집 뒷산에 산책 갈 때 좀 힘들어한다.

4. 17 (월)

딸!
요즘 엄청 열심이네요.
보기 좋구요…
다만 이런 때일수록 너무 무리하지
않았으면 해요.
약간 무리다 싶으면 좀 쉬는 것을 아까워
하지 말았으면 해용.
아빠 이기봉 ㅎㅎㅎㅎ

오전 7:59

고마워요 아빠! 하지만 할 때까지는
할 겁니당~

오후 4:30

혼자서도 잘 뜻을 세우고 실천해 나가는 딸이다.

딸 잘 가고 있나요?
혹시나 해서 아빠가 연락합니다.
오늘도 호이딩!

오전 7:31

늦게 일어나서 엄마가 데려다 주고
있습니다!
그래도 너무 늦게 안 일어나서
다행이에요.

오전 7:52

아빠의 직감이 맞았네요.
짯든 다행이고요,
귀여운 홋팅! 보내용.

오전 7:54

강인님!
날씨가 선선하네요.
아빠 약간 삐졌어요.
유튜브에 올라온 천년의 길 동영상
안 봐줘서요.
하핫 부끄부끄!
오늘도 예쁜 꾸준이님 되어요.
부처님 공자님 예수님도 윽박지를 줄
아는 아빠가….

오전 8:03

어제 너무 정신이 없어가지고!!
오늘 가서 보겠습니다~

오전 8:11

새로 낸 책의 영상을 딸이 봐주었으면 했는데,
그것도 욕심이다.

딸! 학교 잘 갔어요?
아빠는 오늘 경복궁답사 안내요.
오늘도 호이딩! 보내용!
이강인 파이팅!

오전 9:05

아빠도 파이팅!

오전 9:14

일 년에 12회 정도는 강연을 하거나
경복궁 등에서 문화유산 안내를 한다.
사무실에만 있기보다는 잠시 숨 돌릴 수 있는
강연과 답사안내가 좋다.
딸도 그것을 알기에 파이팅을 보내 주었나 보다.

딸. 바람이 좋네용.
뚱땡이 신나게 산을 올라도
헥헥거리지 않을 만큼 좋은 바람이네요.
뚱호이 땡호이
이 바람에 실어 딸에게 보내봅니다.

오후 1:41

스쳐가는 바람도 딸을 생각나게 해주니 고맙다.
세상에 깃든 모든 것들이 나의 따님에게
파이팅을 보내 줬으면 좋겠다.

강인님.
많이 피곤한 것 같아요.
아빠가 해줄 게 별로 없어서 달걀만
부쳐놓고 왔네요.
너무 피곤하면 오늘은 일찍 와서 쉬어요.
강인님이 알아서 잘 하겠지만…
오늘은 아주 작은 목소리로 호이!만
보낼께요. 호이호이!

오전 7:55

걱정 고마워용!
그리고 아빠야 버스비 20,000원
부탁할께용.

오전 8:31

알았어요.

오전 8:32

딸은 혼자 아침을 챙겨먹고 다니기에
출근하기 전에 가끔은 계란을 부쳐놓고
만두도 꺼내놓고… 식사를 도와주려 한다.

강인님.
부스스 겨우 일어나는 아침 모습에
안쓰럽기도 하고 열심이구나 칭찬해 주고
싶기도 했어요.
시험 신중하게 최선을 다해 보고요,
보고 나면 또 내일을 위해
언제 그랬냐는 듯 꾸준이로 돌아오면
좋겠어요.
침착이 꾸준이 강인님 파이팅!

오전 7:58

아빠도 파이팅~

오후 2:33

딸.
시험 보느라 수고 많았어요.
월요일까지라니 주말에도 시험공부
하겠죠.
사랑스런 딸님 쉬엄쉬엄 꾸준히요.
화홧~~~~티팅!

오전 11:19

이때만 해도 부담 주는 말을 많이 했던 것 같다

딸 강인님.
이제 날씨가 뜨거워지고 있는 느낌이에요.
집? 도서관?
어디든 체력 잘 조절하며 공부해요.
홧팅!

오전 11:10

집에서 하다가 안 되서
도서관 가는 중~
아빠도 홧팅!

오전 11:21

솔직히 도서관 갔으면 좋겠지만 부담 주기 싫어서
저 정도로 물어보았다.

교보문고 왔다가 아빠 책 발견~

오후 2:17

딸. 아빠 책 찾아줘서 고마워용.

오후 2:18

딸은 교보문고에서 내 책을 찾으면 도서검색대에서
책의 위치를 알려주는 종이를 출력하여 보내주었다.

강인님.
지금 아빠는 강인님이 어제 준 선물을
물끄러미 바라보고 있어요.
비록 종이 한 장이지만 강인님의 마음이
담겨 있기에 고마움의 웃음이 빙그레
지어지네요.
강인님. 고맙고요,
오늘은 시험을 잊고 또 쉬엄쉬엄
시작하길 바래요.
호이!

오전 8:07

어제 보내준 교보문고 책 위치 안내쪽지를
회사 책상 앞에 붙여 놓았다.
딸이 내 생각을 해주었던 그 시간이 박제되어
내 앞에 있다.

혼자서도 잘 해요.
아니 알아서 잘 해요.
스스로 삶을 개척해 가는 강인님!
화이팅입니다.

오전 7:57

딸은 고3 때 학원을 전혀 다니지 않았는데
그것은 딸의 선택이었다.
그 선택도 존중한다.

5. 6. (토)

> 언제나 자신의 일을 스스로 알아서 하는
> 이기봉의 딸 강인님!
> 오늘 도서관? 집?
> 어디든 강인님 마음 잘 다스리며 꾸준꾸준
> 하게 쉬엄쉬엄 하세요.
> 딸, 아빠는 강인님을 사랑하고 존중
> 한답니다. 홧팅!
>
> 오전 8:03

강인님.
고3이지만 그래도 가끔은
하루 정도 시간 내서 재충전하는 것이
필요하다고 봐요.
오늘 친구와 즐거운 시간 보내요오
~~~~~~~호이!

오전 11:32

헛! 메시지들 봐. 고마워용.
아빠야 버스비 20,000원까지 추가로
받을 수 있을까요?

오후 8:39

버스비는 내일 줘도 되지요?

오후 8:39

넹넹

오후 8:41

딸!
아침에 비틀비틀하는 강인님의 안쓰러운
모습을 보고 아빠가 해줄 수 있는 일은
깨워주는 것밖에 없었네요.
너무 피곤하면 조금 일찍 와서 쉬고요,
오후 나른하면
아빠가 늘 말하듯이 쉬엄쉬엄하는 것을
아까워하지 말아요.
땡 호이! 뚱 파링! 보내용.

오후 2:19

호호 아빠 고마워요♥

오후 3:34

'공부해'보다는 '쉬어'라는 말이 더 좋다.

딸, 비가 오는데 우산 잘 쓰고 가나요?
강인님의 고민 듣고 아빠는 많이
놀랐어요.
아빠도 의견이 있을 수 있으나 강인님의
판단이 제일 중요해요.
딸, 신중하게 판단하고 잘 결정하기로
해요. 아빠는 성인이 된 강인님의
의견을 가장 먼저 존중할 겁니다.
사랑하는 딸, 응원합니당!

오전 7:41

문자를 지금 봤네요!!
고마워요 아빠야♥♥

오전 8:03

아빠가 미안해요. 도움 주지 못해서요.

오전 8:04

괜찮아요.
아빠가 응원해주는 것만으로도
큰 도움이 된답니다!!

오전 8:09

딸이 좀 혼란스러운 게 있다고 하여
전날 밤 대화 요청을 했다.
대화를 나눈 후 놀랐지만 어른이 된 딸의 선택을
존중한다.

5. 12 (금)

아빠야 잘 지내고 있나요?

오후 8:25

예. 진짜 즐거워요.
딸, 별일은 없지요?
강인님이 먼저 연락하니 좀 어색해서요.
별일 있는 거예요?

오후 8:27

아뇨! 그냥 궁금해서요.

오후 8:29

뭐예요. 놀랐잖아요. 아빤 잘 있어요.
딸 알죠?
아빠가 딸 편 다 들어줄 자신은 없지만
이야기는 다 들어줄 자신 있다는 거요.

오후 8:32

나는 최병철 선생님의 고향인 삼척시 용화리에
놀러갔다. 그날 딸이 먼저 문자를 보내왔다.
딸이 먼저 문자를 보내오면 감동스럽다.

강인님 잘 가고 있어요?
언제나.아빠를 잘 이해해 주어서 든든하고
힘이 난답니다.
열심히 아빠의 길을 뚜벅뚜벅 갈게요.
강인님.
오늘도 파이팅입니다.

오전 7:57

아빠도 파이팅♥♥

오후 2:18

어제 딸이 아빠 꿈에 대해 듣고 싶다고 해서
약 20분간 이야기를 나누었다.
난 평생의 꿈 하나만은 절대 지고 싶지 않다.
나머지는 다 져도 괜찮다.
그런 아빠의 이야기를 궁금해 해줘서 고마웠다.

강인님.
병원 갔다가 학교 잘 가고 있겠죠?
아빠가 이야기 들어주는 것 외엔 해주지
못해서 미안해요.
아무쪼록 상한 마음 잘 추스르고요,
너무 힘들면 좀 쉬고,
좀 괜찮으면 찬찬히 공부해요.
딸, 아빠가 미안하고 사랑합니다.

오전 10:13

들어준 것만으로도 고마워요.
나도 사랑해요♥

오전 10:22

아빠야 미안한데
밥값이 부족해서 20,000원
부탁해도 될까요.

오후 4:36

알았어요. 오늘 줄께요.
딸 마음 잘 추슬러요.

오후 4:37

마음은 많이 괜찮아졌어용!

오후 4: 43

딸 씩씩한 딸!
좀 괜찮아졌기를…
ㅎㅎ미안해용!

오후 4:46

지금은 많이 괜찮아용.

오후 4:49

어제 딸이 삶에서의 다툼을 좀 겪었다.
그럴 땐 아빠로서 미안한 마음뿐이다.

강인님.
별일 없는 것처럼 꾸준하게 하고
있을 것 같아 아빠가 연락을 하지
않았네요. 호이호이!

오후 2:20

아빠도 화이팅팅.
별일 없이 꾸준히 하는 게 목표랍니당!

오후 4:11

딸 우산 가져갔어요?
이따 비오면 연락해요.
아빠 여덟시쯤에는 집에 도착해요.
우산 안 가져갔으면요.

오후 5:01

우산 가져왔습니당.

오후 5:32

알았어요.
그럼 아빠 열시까지 갈게요.

오후 5:34

???
우산 챙겨 와서 안 데리러 와도
된다는 뜻이었는데…

오후 5:36

딸은 데리러 오는 것을 그리 좋아하지 않는다.
데리러 가고 싶은 것은 내 마음이 그런 것이고

강인님.
날씨가 덥지도 춥지도 않네요.
더위 타는 강인님 위해
하늘이 배려해주고 있나 하며 빙그레
미소지어 봅니다.
뚱호이 땡꽈~~~~~~~~링! ㅎㅎ

오전 8:03

아빠도 파이팅!
아빠 버스비 20,000원 부탁할께용.

오후 5:19

이미 나와서 내일 줘도 괜찮아요?

오후 9:20

넹넹~

오후 9:35

2017년 여름
6~8월

우리 사회는 보통 하나의 기준을 내세운다.
여기서 하나의 기준이란 다수가 하는 행동이다.
하지만 강인이.
다수가 하는 행동이 항상 옳은 것은 아니다.
다수가 하는 행동도 참고사항은 될 수 있을지언정
절대적 기준의 잣대가 될 수는 없다.

딸, 아빠 못 보았는데 우박이 엄청
떨어졌다고 하네요.
강인님이 혹 모를까봐 한 번 알려줘
봅니다.
오늘 남은 시간도 꾸준호이! 하서용!

오후 3:34

늘 여기, 이 자리에서 딸을 지켜주기 위해
아빠는 존재하고 있다고 외쳐본다.

6. 2 (금)

강인님 날씨가 시원하네요.
열 많은 강인님 좋으라고…
땡이호이 뚱이호이 보냅니다.
아빠퐈~~~~~링도 보내요!

오전 7:52

딸은 더위를 많이 타는 편이다.
그런 것도 다 문자의 소재가 된다.
이제는 딸이 아빠 파이팅도 가끔 보내준다.
아주 가끔.

딸님. 어제도 밤 새웠나요?
음 쨋든 오늘도 꾸준호이 하세용!

오전 7:53

지나친 걱정도 부담이 될까봐 말을 아낀다.

딸…요즘 밤샘이 많아 아빠는 살짝
걱정이에요.
아침에 피곤해하는 강인님 모습 보면
그러지 않을 수 없으니…
다 강인님이 잘 알아서 하겠지만요.
오늘도 호이! 보내용. 호이호이호이!

오전 7:58

학원도 안 다니고 자기만의 방법으로
공부하면서 밤샘하고 길을 찾아나가는 것을 보면
안쓰럽고 걱정스러웠다.

6. 8 (목)

> 강인님.
> 구름 없는 오늘 호이꾸준 하세용.
> 아빠 이개봉이가~~~

오전 8:11

> ㅋㅋㅋ 고마워요.
> 아빠 버스비 20,000원 청구하겠습니다.

오후 3:35

> 넵!

오후 3:35

내 이름이 기봉인데 우리의 생활영역에 있는
개봉역과 겹쳐진 느낌이 신기해서
가끔 내 이름을 개봉이라 한다. 말장난

아빠야 나 일어났어요. ㅋㅋㅋ

오전 7:30

알았어요. 오늘도 홧팅!

오전 7:31

7시 전에 집에서 나오는데 딸이 일어나기
힘들어하는 모습을 보고 나올 때는 일어났는지
걱정되어서 전화를 한다.
내가 전화를 하면 왜 했는지 아니까
딸은 그때 전화를 못 받더라도 일어난 후에
문자로 답장을 준다.

사랑하는 딸 강인님.
아침에 살짝 더 자서 좀 당황했을 것
같네요.
열심히 하는 강인님, 피곤해 하는 강인님.
아빠는 안쓰러워요.
그래도 남은 반년 최선을 다하며
꾸준호이 하길 바래용.
오늘도 호이호이 보냅니다!

오전 8:11

허허 맨날 답장한다고 하고 깜빡 하네요.
아빠 미안해용.
그리고 버스비 20,000원!!

오후 4:05

예썰~~~

오후 4:06

버스비를 내가 주기로 한 적은 없지만
그냥 용돈이라고 안 하고 버스비라고
딸이 이름 붙였다.
줄 수 있어서, 그래서 대화 나눌 수 있어서 좋다.

따님!
오랜만에 피로가 몰려온 듯 하네요
오늘 컨디션은 괜찮나요?
괜찮기를 바래용.
아주 작은 땡호이 보냅니다.

오후 2:31

오늘은 컨디션 최고에영.
아빠 컨디션이 안 좋다니
아빠 화이팅 해요!

오후 3:36

딸이 내게 파이팅을 해주는 날도 있다.
상대에게 보낸 파이팅에 자신을 향한 파이팅도
포함되어 있지 않을런지.

따님. 학교 잘 갔겠죠?
그냥 궁금해서 문자 보냅니다.
오늘도 호이퐈~~~~링!

오전 8:11

딸, 집에 잘 왔어요?
오늘 아빤 몸 힘들어서 술 안 마시고
들어갑니다.
홧팅이요.

오후 7:29

아빠도 화이팅!
전 집이에영.

오후 7:38

6. 24 (토)

> 딸. 아픈데도 아빠가 잘 몰랐네요.
> 미안해요.
> 몸 잘 추스르고요,
> 학교에 가게 되면 가는 길에 문자 한 번
> 줘요.
> 아빠 이개봉.

오전 7:55

학교 도착했어용

오전 7:58

> 너무 피곤하지 않게 쉬엄쉬엄요.
> 오늘만이라도…

오전 7:59

따님. 오늘은 그래도 시원하네요.
더위 타는 딸 쬐끔이라도 맑기를 바래요.
퉁퐈링 통호이 보내용.

오전 7:55

오늘 날씨도 선선해서 활동하기도
좋아 다행이에요.
아빠도 파이팅!

오후 2:59

아빠야 버스비 20,00원 부탁할게영.

오후 6:55

내일 줘도 되나요?
아빠가 도서관 나와서요.

오후 9:04

넹.

오후 9:05

6. 28 (수)

딸. 학교 잘 갔나요?
그렇게 늦게까지 하다니 아빠에겐
대단하기도 하고 걱정되기도 해요.
하지만 다 강인님이 알아서 잘 할
것이라고 믿어요.
오늘 아침부터 덥네요. 탱호이 보내요.

오전 8:03

아빠도 화이팅 해요!!

오전 8:06

나도 힘든 날은 퉁이 파이팅처럼 큰 파이팅을
보낼 기운이 없다. 그럴 땐 탱이 호이팅을 보낸다.
딸도 그걸 알고 빨리 답장 준 것은 아닌지.

(학교에) 도착했어요.

오전 8:01

딸 택시 타고 갔으면 저녁에 택시비 만원 줄게요.
꾸준꾸준 힘들면 좀 쉬엄쉬엄 해요.
통홧팅 통호이 보내요.

오전 8:03

아빠야 버스비 20,000원 좀요~

오후 5:14

알았어요. 이상 끝!

오후 5:15

'이상 끝'은 나에게 하는 말이다.
돈 이야기에 추가 멘트하지 말자는 의미이다.

따~~알! 아휴…
아빠랑 스타일이 달라서 좀 걱정은 되요.
그래도 우리 딸 알아서 잘 하니까
이 아빠 두 손 모아 믿~씁니다.
오늘 많이 덥다는데 탱호이 하세용!

오전 8:07

그래도 생각보다 괜찮아서 다행이에용.
아빠도 파이팅!

오전 8:11

무슨 일이었는지 기억이 잘 안 난다.
줄 수 있는 건 믿음뿐이다.

7. 10 (월)

> 따님. 장맛비가 억수로 쏟아지네요.
> 우산 잘 챙겨갔죠?
> 어제 우리 딸 일주일의 피로 잘 푼 것
> 같네요.
> 오늘은…음…퉁퐈링 보낼게요. 퉁퐈링!

오후 3:51

나도 기운 날 때는 덩치 큰 퉁이의 파이팅,
퉁퐈링을 보낸다.

아빠야 버스비 20,000원요.

오후 5:27

알았어요. 오늘도 탱호이 보내요.

오후 5:28

특별한 일이 없는 한 나는 즉시 답장한다.
딸이 기다리지 않도록.

아빠. 오늘 숙직이라면서용.
매일 문자 받기만 하고
답장도 못 해줄 때도 있어서
미안한 마음 담아서 문자 보내봐용.
오늘 하루 다 지나가긴 했지만
힘내고 화이팅 해요.
사랑하는 아빠♥

오후 5:35

딸. 미안해하지 않아도 돼요.
아빠 마음 표현하는 건데요.
오늘 응원문자 고마워용.
남은 시간 무리하지 않게 잘 해요.
강인은 자랑스런 이기봉의 따님이랍니다.

오후 5:45

정말 놀랐던 문자. 딸이 먼저 보내기도 했지만
숙직인 것을 걱정해 주었다. 하지만 이런 문자
한 번에 딸이 달라졌나보다라고 생각하면 안 된다.
나는 딸의 반응에 흥분하지 않고 그냥 변함없이
나의 역할, 파수꾼 자리에 서있으면 된다.

강인님. 장마가 끝나가는 듯합니다.
지금까지 잘 해왔듯이 무더위 한 여름에도
힘들겠지만 잘 하리라 믿어용!
우리 딸 이강인 오늘도 화이팅
화이팅입니다.
아빠 이개봉이가…

오전 8:02

에어컨 앞에 널부러져 자던 귀여운 딸
이강인님!
오늘도 무덥다는 느낌이 오네요.
혓바닥 축 늘어뜨린 뚱이 생각하며
꾸준꾸준 하기를 바래용.
아빠 이봉봉.

오전 8:03

아빠도 화이팅~
20,000원 부탁드리옵니다.

오후 5:44

알았어요. 탱호이!

오후 5:45

정글의 법칙요!

오후 5:19

7. 24 (월)

정글의 법칙 투!

오후 2:24

오홍!
실사판 정글의 법칙 찍구 있군용.
잘 놀다 와요 아빠. ㅋㅋㅋ

오후 2:28

모임에서 계곡에 놀러간 사진을 보내주었더니
엄청 빨리 답장이 왔다.

7. 27 (금)

> 무더위에도 선풍기 하나로 잘 버티는 강인님!
> 참을성에 아빠가 땡호이 뚱파링 보내요.
> 멋진 아빠의 딸!

오전 7:58

딸이 더위를 많이 탄다.
안방에만 에어컨이 있었는데 자기 방에서
선풍기로 버틴 적이 많다.

딸 강인님. 목 아픈 건 괜찮나요?
아빠가 할 수 있는 건 주물러 주는 것과
아파도 자꾸 목 운동하라는 말뿐…
홧팅해요 딸!

오전 8:02

덕분에 많이 나아졌답니당.
아빠도 파이팅!!

오전 8:09

8. 6 (일)

딸님! 저녁은 먹을 수 있는 거죠?
아무쪼록 잘 하고 와요.
아빠 집 삼십분전요.
에휴~~~

오후 5:31

넴넴~ 조심하시구!

오후 6:03

딸님.
도서관 잘 갔나요? 아니면 집?
무쪼록 잘 하리라 아빤 믿씁니다.
탱호이 통파링 보내요.
이개에봉~~~

오전 11:11

도서관입니당~
아빠도 퐈이팅 ^0^ ♬

오전 11:13

방학이라 집에 있지 않고 도서관에 갔으면
좋겠는데 직접적으로 말하면 부담스러울까봐
저 정도로 보낸다.

딸, 언제 오나요?
올 때 아빠가 맛있게 삼겹살 구워주고
시픈데요…

오후 9:03

헉 이제 봤어용. 미안해용.
저 지금 출발해용.
11시 10분 도착 예정.

오후 10:34

가끔 딸이 먹고 싶어 하는 것을 해주는 편인데
그것도 부담스러워할까 걱정이 될 때도 있다.

8. 11 (금)

딸 아빠도 나왔어요.
봉사 잘 하고요,
땡호이 퉁파~~~리잉!

오전 11:05

이 더운 날에 나가다니!!
봉사 끝나고 도서관이에용.
아빠도 팟팅 >3<

오후 4:39

8. 16 (수)

딸님!
아빠는 날씨가 쌀쌀해져 감기 들까봐
긴팔 입었네요.
눈뜨면 잘 준비해서 도서관 가기를 바래용.
꾸준꾸준 호이!

오전 11:03

집의 유혹을 떨치지 못하고 집에서
하는 중이랍니당…
그래도 잘 되서 다행!
아빠도 홧팅해요>3<

오전 11:35

아빠얌 20000원 부탁할게욤.

오후 3:51

알았어용.

오후 3:51

8. 21 (월)

딸. 하늘과 공기 모두 시원하네요.
어젠 아빠 기분 엄청 나빴는데…
아빠로서 미안하단 맘뿐이네요.
무조록 딸님 신경쓰지 말고 꾸준꾸준이
하세용.

오전 8:02

뭐가 미안해용.
충분히 그럴 수 있어용.
아빠 파이팅!

오전 8:05

나도 일 년에 한두 번 딸에게 화낼 때가 있다.
그럴 때는 곧바로 딸에게 미안한 마음만 들 뿐이다.

딸님. 잘 가고 있나요?
아빠 마음이 좀 안쓰러워서…

오전 7:50

괜찮아용.
잘 가구 있답니당.

오전 7:55

········· 8. 23 (수) ·········

> 딸. 비오는데 우산 잘 가지고 갔나요?
> 아빠가 작년 수입 알려줄께요.
> 총 00,000,000원서 세금 뺀 실수령액
> 00,000,000원이랍니다.
> 12개월로 나누면 월 평균 0,000,000원
> 이에요. 해마다 월급이 올라가니까 올해는
> 월 000만원은 넘겠죠…
> 딸 학자금 000만원 빼도 올해는 월 000
> 만원은 되요.
> 아빠 수입 딸 대학 보내는데 아무 지장 없
> 으니…음…걱정 뚝이요.
> 알았지요?

오전 8:09

> 넵! 우산은 잘 가지고 갔답니당.
> 오늘도 화이팅해요 아빠.

오전 10:10

대학에 가면 등록금이 비싼데 우리 집 형편이 될까
딸이 경제적인 걱정을 해서 상세하게 정리해서
보내주었다. 돈 걱정은 하지 않으면 좋겠다.

강인님!
별일 없었나요?
아빠 ○○사거리 네 정거장 전입니다.

오후 9:35

넵! 별일 없었어용.
지금은 집에 온 지 얼마 안 되어서 쉬는
중이랍니당.

오후 9:38

알았어요.

오후 5:15

전화 통화를 했는데 용돈 달라고 했었던 듯하다.

8. 27 (일)

따님 집? 도서관?
별일 없지요? 꾸준이 해용!

오전 11:15

엇! 이제 봤어용.
미안해용.
도서관 갔다 집 가는 길이랍니당.

오후 5:42

보통 답장이 오는데 걸리는 시간은 7-8시간 정도다.
출근하면서 8시경 보내면 오후 3-4시쯤 답장이 온다.

딸. 날씨가 진짜 가을이네요.
시원하다고 무리는 하지 말고
강인님의 장점대로 꾸준꾸준 하세용!

오전 8:04

그러게요.
오늘 날씨가 너무 화창해서 좋네요.
아빠도 무리하지 말고 파이팅!

오전 8:09

아빠야 혹시 미안한데 20,000원
부탁 가능할까요.
급하게 필요해서ㅜㅜ

오후 5:15

알았어요.

오후 5:15

강인님. 잘 가고 있나요?
아빠 쪼끄맣게 해주는데 딸님은 그게
큰 거라고 말하니
아빠 마음 고맙고 부끄럽네요.
땅호이 뚱파링 보내요.

오전 7:54

아빠도 파이팅!
마음을 편하게 해 주는 게 가장
큰 거랍니당.

오전 8:06

문자를 하면서 겸허함을 배운다. 답장을 바라지 않고,
알아주길 바라지 않는다.
문자는 나를 단련하는 수단이다.

2017년 가을
9~10월

시간이 지날수록 너의 가족관은 더욱 좁아지겠지.
하지만 아빠는 너의 가족 범위가
더욱 넓어지기를 바란다.
시간이 흐를수록 가족이라는 범위가
더욱 좁아질 것은 불을 보듯 뻔하다.
그럴 때일수록 너는 거꾸로 가기를 바란다.
강인아. 외로운 사람들을 더욱 따뜻한 마음으로
대해주길 바란다.

9. 2 (토)

강인님.
집? 도서관?
어디든 덥지 않은 가을이 일찍 찾아왔으니
쉬엄쉬엄 꾸준꾸준이 하기를 바래용.
아빠도 열심히 신라 책 쓰고 있답니당!
탱호이! 보내요.

오전 11:15

작년 9월부터 계속 신라에 대한 책을 쓰고 있다.
그냥 아빠의 모습을 보여주고 싶을 때도 있어서
책 이야기를 꺼냈다.

딸님. 아빠가 십키로 뛰었네요.
요즘 강인님의 공부에 비하면 아무것도
아니지만
그래도 뛰고 나니 보람이 있네요. 쬐금~~
탱호이 보내요.

오전 10:38

오오. 아무것도 아니라니용.
고생 많았어용 아빠.
전 도서관 갔다옵니당.
오늘도 파이팅~~

오후 10:41

10km 단거리 마라톤을 일 년에 7~8회 뛴 지
9년이 되어간다.

강인님.
찜찜한 마음 아빠에게 말하면서 풀었다
생각하고 오늘도 꾸준꾸준이기를
바래용.
가을 횟팅 딸님께 보내봅니다.

오전 8:02

아빠도 파이팅 ˘0˘
글구 버스비 20,000원을
부탁하겠습니당.

오후 3:21

알았어요.

오후 3:22

강인님.
오늘도 꾸준꾸준 했기를 바래요.
아빤 숙직이에요.
잘 하고 내일 들어갑니다.
자랑스런 아빠딸 강인님에게 땡호이
보냅니당!

오후 6:31

아빠두 파이팅~˘-˘♬

오후 8:24

강인님. 집? 도서관?
힘들겠지만 시험이라니 열심히 해봐요.
현재의 자기 점검 차원에서요.
아침에 안개가 엄청 끼었어요. 그러면
가을인데…
땡호이 뚱꽈~~~링 보내용.
아빠 이봉봉.

오전 11:07

오늘 도서관이에용˘-˘
날씨가 확실히 쌀쌀해져서 긴팔도
긴 바지도 안 덥네용.
아빠도 파이팅!

오전 11:14

강인님 언제 오나요?
저녁 뭐로 준비할까 해서요.

오후 6:32

저 지금 가구 있어요!
저녁 준비 안 해도 될 거 같아용.

오후 6:40

알았어요.
일곱 시 반쯤 가요, 뚱땡이와~~~

오후 6:45

9. 11 (월)

강인님. 오늘도 시험이네요.
가을비도 선선하니 준비한 것 침착하게
답해요.
사랑하는 딸, 조그맣게 호이 보냅니다.
아빠 봉봉.

오전 7:56

시험 끝!
아빠도 오늘 파이팅 보내요~ ˘ ˘ ♬

오전 11:54

시험이니까 부담 주지 않으려고 작은 파이팅인
호이를 보냈다.

강인님. 벌써 시험보고 있겠네요.
아빠가 도서관에 와서도 눈 좀 붙이느라
이제야 연락해요.
침착하게 잘 봐요.
오늘은 퉁파~~~링 보내요.

오전 10:53

아빠도 파이팅~
시험 이제 끝!!!

오전 11:57

강인님 수고했어용.

오전 11:58

아빠 20,000언 부탁해용.

오후 4:14

알았어요.

오후 4:14

딸 박물관장님 포함 여섯 분 놓고
신나게 강연하고 갑니다.
적으나 많으나
열심히 들어주는 사람 있으면
아빤 신나가 한답니당. ㅎㅎ

오후 10:32

고생 많았어요 아빠!
언제쯤 들어오나요?

오후 10:34

열두시 쯤 넘어서요.
열한 시 십오 분에 터미널 도착요.

오후 10:36

9. 14 (목)

강인님.
집에서 하려면 아무래도 늘어질 수 있는데,
마음 잘 조절하면서 쉬엄쉬엄 꾸준꾸준히
하길 바래용.
사랑하는 딸, 아빠의 의지가 되어주어서
항상 고마워용!
호이!

오전 11:02

문자 이제 봤네요!
늦었지만 파이팅하고
너무 신경쓰지 마요 아빠.

오후 4:43

알았어용.

오후 4:43

도서관에 갔으면 해서 애매하게 격려 문자를
보내지만 딸도 역시 애매하게 답변을 피해간다.

강인님.
시원시원한 날씨여도 졸릴 수 있어요.
그럴 때 잠깐 눈 붙이기를 아까워하지
않는 아빠 딸이기를 바래요.
탱호이 보내용!

오전 7:53

아빠도 파이팅!

오전 7:59

전화 받았으면 순대국 사주려고 했는데요.
아쉽!

오후 5:03

딸은 순대국을 좋아한다.
나 혼자 사먹기 그러니까 같이 먹거나 포장해 와서
먹곤 한다. 나는 늘 같이 먹고 싶은 마음이다.

강인님.
이제 두 달 남은 수능,
아빠 벌써 32년이나 되었네요.
음…그때 어떻게 했지?
잘 기억이 안 나요.
아빠 딸을 보며 더듬어 보렵니다.
오늘도 탱호이~~ 보내요.

오전 7:53

늦었지만 아빠도 파이팅!!

오후 4:52

딸. 어제 늦게 갔다는 말 듣고 아빠 마음
짠했어요.
힘들지만 꾸준꾸준 쉬엄쉬엄,
오늘도 파이팅요!
아빠 이봉봉

오전 7:54

윙?! 왜 답장이 안 보내졌었지.
다시 컨디션 회복하고 리듬 찾았으니까
걱정마요~
늦었지만 아빠도 파이팅!

오후 4:45

믜야 딸님!
고맙고요 음 사랑해요 강인님!
아빠 봉봉

오후 4:48

'믜야'는 '윙'이라고 귀여운 말을 보내준 딸에 대해
나름 귀여운 라임을 맞추려고 한 말이다.

강인님.
하늘이 눈부시게 파랗고 아주 멀리 멀리
보이네요.
덥지도 춥지도 않고…
공부하느라 못 볼 것 같아 아빠가 소식
전해 봅니다.
오늘은 뚱퐈~~~링 보냅니다.
이개봉

오전 7:41

오늘 날씨가 참 선선해서 좋아요!
아빠도 오늘 파이팅~

오후 3:38

출근하는 길에 관악산이 보이는데,
관악산을 보면서 가끔 딸을 생각한다.
관악산뿐일까.
무엇을 보든 딸이 생각날 때가 많다.

9. 21 (목)

아빠 20,000원 부탁해요~

오후 3:37

당근 드려야죵. 화팅!

오후 3:37

아빠도 파이팅~

오후 3:39

9. 22 (금)

> 추석 전날 음식 차리지 않고 할머니와
> 놀러가기로 했어요.
> 앞으로는 이렇게 하려는데 딸도
> 동의하나요? ㅎㅎ
> 이번 추석엔 딸은 집에서 공부!
> 오늘은 누미 호이 보낼게용.
> 아빠 이개봉~~
>
> 오전 7:52

> 좋아요~
> 다음 연도에는 같이 갑시당.
> 아빠도 파이팅~
>
> 오전 7:55

'갑시당'이라니. 고3이면 어른이다.
딸이 어른이 되었다는 걸 모르고 사는 적이 많은데
어른이 된 내 딸을 더욱 존중해야겠다는 생각이 든다.
'갑시당'은 자신이 어른이라고, 자신이 스스로
의사결정할 수 있는 사람임을 표현하는 것이다.
생각해보면 나도 그때쯤 어머니께 '안을영 어시'
라든지, 아버지 대신에 '아부지' 이런 식으로
부름으로써 내가 어른이 되었음을 표현했던 것 같다.

9. 23 (토)

강인님. 잘 일어나서 도서관 잘 갔나요?
햇빛이 없어 흐렸네요.
혹 못 갔더라도 꾸준히 해용.
뚱퐈~~~링 보내요.

오전 11:04

토요일에는 딸이 빨리 도서관에 갔으면 해서
오전에 문자를 한번 보낸다.
가라는 말은 절대 직접적으로 안 하고 물어만 보는데
부담이 될까 걱정이 된다.

스스로 할 일은 스스로 알아서 하는
든든한 딸 강인님.
오늘도 선선한 날씨 기운 받아 꾸준
꾸준하기를 바래용.
아빠는 고향 마을에서 초상이 발생하여
상갓집 갔다가 11시 넘어서나 들어갑니당.
누미 호이!

오전 7:52

나는 매일 출근하면 시골에 계신 어머니께
전화를 드린다. 그 이후에 딸에게 문자를 보낸다.
그래서 어머니와 통화하고 나서 어머니 강아지인
누미의 기운을 빌려 딸에게 파이팅을 보낼 때가 있다.

사랑하는 딸 강인님!
아빠 스타일 이해해줘서 고맙고용
오늘은 쉬엄쉬엄 공부 이뤄요.
통호이 퇑퐈링 함께 보내요.

오전 7:55

아빠도 퐈이링~

오후 2:49

나와 딸은 비슷한 점도 있지만 다른 점도 있다.
딸은 자신과 다른 아빠의 모습에 왜 그러느냐는
말을 하지 않는다. 나 또한 그러려고 무진히
노력하는 편이다.

강인님.
날씨가 흐리니 아빠 딸에게 적당하게 좀 선선하네요.
명절 전날은 할머니와 경복궁 가기로 했어요.
잘 했나요? ㅎㅎ
오늘은 할머니 호이! 보내요.

오전 7:58

오오 +_+ 재밌게 놀다와유!
오늘도 파이팅!
글구 20,000원 부탁!

오후 4:02

알았어요.

오후 4:03

딸. 학교에 잘 도착했나요?
졸릴 것 같은 생각이 들어 안쓰러워요.
나름 꾸준꾸준 공부 되기를 바래요.
누미 훗팅! 보내요.

오전 8:09

딸. 오늘 기분은 괜찮나요?
아침에 마을버스 탈 때는 진짜 쌀쌀함이
느껴지더라구요.
무쪼록 쌀쌀함 힘 받아 맑은 머리
유지해요.
할머니 퐈~~링! 보내요.

오전 7:59

오옹 할머니 파링 죠아요.
오늘은 기분 괜찮네요!
아빠도 파이팅해요.

오후 2:54

늘 똑같으면 재미없다.
새로운 파이팅을, 딸이 좋아하는 대상의 파이팅을
변화 있게 보내주려 애쓴다.

딸 잘 일어났나요? ㅎㅎ

오전 11:02

넴 잘 일어났어요.
오늘 하루도 파이팅하고 이따 봐요
아빠~♬

오전 11:05

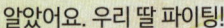

알았어요. 우리 딸 파이팅!

오전 11:06

딸 비 오는데 우산 가져갔나요?
데리러 갈까요?

오후 6:03

아뇽! 괜찮아용. 우산 있어요~

오후 6:05

알았어요.
씩씩한 따님 조심해 와요.

오후 6:06

강인님. 공부는 쉬엄쉬엄 그렁저렁
잘 되고 있나요?
아빤 일곱 시에나 갈 것 같은데 딸은
언제 오나요?
통호이! 보냅니다.

오후 3:34

딸에게 님을 붙이는 것은 존중의 의미를 표현하기
위함이다. 언젠가 딸도 내게 님을 붙여줄 날이 올까.

강인님. 전화하니 받지 않네요.
지금 집? 독서실?
오늘도 날씨는 정말 좋네요.
아빠 딸, 꾸준꾸준히 공부하라는 듯 ㅎㅎㅎ
누미호이 보내요.

오후 10:53

공부 이야기가 담긴 문자에는 답장이 잘 없다.

강인님.
아빠는 스스로 잘 하고 있는 우리 딸이
항상 자랑스럽고 고마워요.
오늘 잠도 잘 못 자고 가서 안쓰럽지만
막바지라 생각하고 땡호이 보내요.
아빠 이봉봉

오전 7:53

홍홍
안 잔 거치고는 버틸 만 하네요.
아빠도 파이팅해요♥

오후 2:28

강인님. 잘 가고 있나요?
가을비처럼 차분차분 하기를 바래요.
통호링 보내요.

오전 7:41

학교 무사히 도착했답니다~
아빠도 파이팅!

오전 7:54

아빠 버스비 20,000원 부탁할게요~

오후 4:54

알았어요.

오후 4:56

강인님.
학교 갈 준비 하느라 바쁜데 아빠가
전화해서 미안해요.
혹시나 해서 그랬어요.
학교 잘 가고 있죠?
오늘도 꾸준꾸준이기를 바래요.
아빠 이개봉~~

오전 7:52

괜찮아요~
아빠가 신경써준 건데
괜히 급한 맘에 짜증내서 미안해요.
아빠도 파이팅!

오전 7:55

딸…고마워요. 조금씩 쉬면서 해용.

오전 7:56

1년 중에 처음으로 딸이 짜증낸 날.
일어나라고 전화했는데 아침에 피곤했든지 바빴든지
컨디션이 안 좋았든지 살짝 짜증을 냈다.

딸. 아빠 백일사진이에요.
공부하다 한 번 웃으라고 보내요.

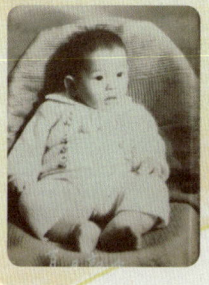

오전 8:05

오우야 귀여워요!

오전 8:06

사진을 보내니까 반응이 좋다. 답장이 바로 왔다.

---- 10. 18 (수) ----

> 강인님. 잘 가고 있나요?
> 오늘은 백일 봉봉길 호이 보내용.

오전 8:03

어제 백일 사진 반응이 좋아서
백일 아빠 파이팅을 보냈다.

아빠예요.
잘 가고 있어요?
공기가 시원하네요.
딸 호링요!

오전 7:52

넵. 잘 가고 잘 끝나고 집 가요~
아빠도 파이팅!

오후 8:04

오늘은 답장이 12시간 만에 왔다. 그래도 왔다.
답장을 바라고 보내는 건 아니다.

강인님.
아빠 삼 학년 때 사진이에요.
할머니 미인이죠?
공부하다 한번 웃어요.
탱호링 퉁퐈리잉~~~

오전 7:55

오오 귀여워요!
아빠도 파이팅~

오전 7:59

사진 보내니까 반응이 좋아서 또 보냈다.

10. 21 (토)

아빠 빠르진 않지만 꾸준이 완주했어요.
딸 오늘도 쉬엄쉬엄 꾸준하길 바래요.
어린 기봉이 호링 보내용!

오전 10:39

10km 마라톤을 다녀왔다.
내 이름 기봉과 맨발의 기봉이 이중적 의미를
생각하며 기봉이 파이팅을 보냈다.

강인님.
날씨가 좋기도 하고 쌀쌀하기도 해요.
공부하기 좋으면서도 감기 걸리기도
쉬우니 조심해서 공부해요.
딸. 작은 고모 호링 보내용!

오전 10:58

2년 전 집에 오셔서 도와주신 작은 고모를
딸이 좋아한다.
간만에 작은 고모 파이팅을 보냈다.
모든 가족들의 파이팅, 딸이 좋아하는 모든 것들의
파이팅을 보내고 싶은 것이 아빠 마음이다.

딸.
경민오빠 결혼할 사람 고모고모부께
인사시켰대요.
갑자기 아빠가 늙은 느낌!
오늘은 큰고모 호링 보내요. 호~~~오링!

오후 4:35

오잉? 진짜요?
축하한다고 전해줘요!
아빠야 전화는 뭔가용?

오후 4:52

그냥 해봤어용 ㅎㅎ

오후 4:52

강인님.
토론 끝나고 나오니 날씨가 따뜻하네요.
오늘은 햇님 호링 보내요.
꾸준꾸준 해요.

오후 1:03

아빠도 화이또!

오후 1:04

안쓰럽고
스스로 잘해서 고마운 강인님.
잘 가고 있나요?
뚱땡이 힘 받아서 꾸준꾸준 해요.
호오~~~~링!

오전 7:50

아빠 글 잘 쓰기 위해 경주 가니까
오늘은 경주호링 보내요.
잘 해요.
자랑스런 아빠 딸!

오전 7:21

아빠도 파이팅 하고 낼 봐요!

오전 8:10

딸 아빠 답사 이제 끝났어요.
내일도 열심히 답사해야죠.
우리 강인님 만큼요.
꾸준꾸준 해요. 호이!

오후 7:13

딸. 아빠 미쳤나 봐요.
칠 년 동안 넘지 못하던 55분을 깼어요.
강인님 미친 아빠의 호링 보내요.
꾸준꾸준 아빠 딸!

오전 10:41

10km를 55분에 뛰는 것은 보통 정도의 수준이지만
혼자서는 처음 깬 기록이었다.
하지만 마라톤도 자주 하니까 딸에게 특별하진
않았던 듯하다.

씩씩한 아빠 딸 강인님!
쉽진 않겠지만 지나간 것은 이미 옛일이니
아빠 개다리춤 보며 일상으로 돌아와
꾸준꾸준 하기를 바래요.
개다리춤호이 보내요.

오전 8:02

고마워용 아빠~
아빠도 파이팅!

오후 2:55

나는 춤을 잘 못 춘다.
그래서 내가 개다리춤을 추면 보는 사람들이
빙긋이 웃는다. 딸도 그러길 바라는 마음이다.

11월

아빠는 자신이 있다.
그 어떤 것보다 딸을 사랑하는 아빠의 마음은
지지 않을 자신.

강인님.
아침에 피곤한 건 같겠지만
하루 전체적으로는 덜 피로할 거라고 봐요.
늠름하고 사랑스런 아빠 딸 강인님.
오늘도 꾸준꾸준 해요. 호링~~

오전 7:47

정말 그러네요!
학교에서 훨씬 덜 피곤하네용.
아빠도 오늘 파이팅~

오후 2:56

---------------- 11. 2 (목) ----------------

아빠. 20,000원 부탁해용.

오후 4:14

알았어용. 학교는 잘 갔나요?

오후 4:15

넹. 늦게라도 갔다왔어용.

오후 4:17

ㅎㅎ 남은 시간 호오링요.

오후 4:18

강인님. 비가 보슬보슬 내리네요.
쌀쌀해질 것 같으니 따뜻하게 입고 꾸준
꾸준 해요.
가을비 호~~링! 보내요.

오전 8:11

날씨는 쌀쌀해지고 수능이 다가온다.

강인님. 학교에는 잘 갔나요?
며칠 남지 않으니 아빠가 자꾸 확인하게
되어 미안해요.
날씨가 어제보다 포근해졌네요.
쉬엄쉬엄 꾸준꾸준 계속 유지하기를
바래용.
우리 딸 이강인 호오~~~~링!

오전 7:55

11. 7 (화)

딸. 안쓰러워도 아빠가 해줄 게 없어서
안타까워요.
오늘은 일찍 집에 와서 컨디션에 따라
하길 바래요.
호오링!

오전 7:48

오늘 확실히 힘들긴 하네용ㅜㅜ
아빠도 파이팅!

오후 3:13

어쩌면 무슨 말인지는 중요하지 않은지도 모른다.
여기 너를 응원하고 있는 사람이 있다는 신호만
전달된다면.

········· 11. 8 (수) ·········

> 사랑하는 딸 강인님. 잘 갔나요?
> 아빠가 더 신경 써야 하는데 하는
> 미안함이 항상 있어요.
> 아빠가 좀 늦게 출근해도 괜찮은데 너무
> 빨리 출근해서…
> 쨌든 잘 갔기를 바라고요,
> 오늘도 늘 푸른 소나무처럼 꾸준꾸준 해요.
> 호오~~링!
>
> 오전 7:57

〜〜〜

나는 웬만하면 8시 전에 도서관에 출근해 있다.
딸은 혼자 일어나서 가야 하기에 수능이 다가올수록
깨워주고 나가지 못함이 미안하다.

아빠야 나 학교 잘 갔어요~
오늘도 퐈이링.

오전 7:51

우리 딸. 오늘은 상쾌한 모습이라 보기
좋아요.
이래도 저래도 다 좋지만…
꾸준꾸준 호이링 해요.
사랑하는 아빠 딸에게 봉봉길
아빠가아~~~~

오전 7:57

아빠 20000원 부탁할게요.

오후 4:42

얍!

오후 4:43

딸. 어깨 쫙 펴봐요.
아빠 방금 지하철에서 내리자마자 쫙
폈어요.
으 시원해~~~
꾸준호오링해요.

오전 7:42

아빠도 화이링.
전 집에 도착했으니 좀만코코넨네좀…

오후 6:31

좀만코코넨네좀…
이게 무슨 말이에요?
무튼 찬찬히 잘 해요.

오후 6:33

ㅋㅋㅋㅋㅋ
잔다는 뜻이에여.

오후 6:34

알았어요.

오후 6:34

11. 12 (일)

> 사랑하는 딸 강인님.
> 뒹굴뒹굴…그 모습 또한 괜찮아요.
> 그래도 이젠 일어나서 순대국 얌얌하고
> 꾸준꾸준 해요.
> 호오~~~링!
>
> 오전 10:49

이제 수능은 거의 다가왔다.
일요일이지만 더 부담 주고 싶지 않아서.

강인님. 학교 잘 가고 있나요?
오늘도 평소처럼 꾸준꾸준 호오링요!

오전 7:55

학교 잘 왔답니다~
아빠도 파이팅!!

오전 8:02

잘 일어났는지, 걱정해주는 사람이
있다는 정도만 전달한다.

딸 별일 없었지요?
아빠 다섯시나 들어가니 밥 잘 먹고
찬찬히 마지막 정리 잘 해용.

오전 11:08

아직은 없어용.
이제 집 가용.

오후 2:44

11월 16일이 수능이다.

강인님 잘 가고 있나요?
오늘 침착하게 하루 보내요.
사랑하는 아빠딸 이강인에게
봉봉길 아빠가 퉁챙이호오링 보냅니다.

오전 7:54

학교 끝~
학교배정은 금옥여고!

오전 11:51

딸. 가까운 곳에 잘 되었네요.
차분차분 하루용!

오전 11:52

갑작스런 포항 지진 발생으로 수능이
1주일 연기되었다.

11. 17 (금)

> 자랑스런 아빠딸 강인님.
> 잘 가고 있나요?
> 관악산 산신령의 호오링 잔잔한 호오링
> 전합니다.

오전 7:50

산신령뿐만 아니라
세상 모든 신들의 파이팅도 빌리고 싶다.

딸. 이제 일어나서 꾸준꾸준 하고 있나요?
누미가 사람 그리워서 펄쩍펄쩍 뛰네요.
누미 호오링 보내요.

오전 10:22

고향집에 일이 있어 내려왔다가 고향집 강아지
누미 파이팅을 보내본다.

11. 20 (월)

강인님. 날씨가 많이 쌀쌀해요.
따뜻하게 입고 오늘도 꾸준꾸준하기를
바래용.
딸 강인님에게 아빠 봉봉이가 호~~오링!
보내요.

오전 7:57

마지막까지도 해줄 수 있는 말은 꾸준함을
잊지 말았으면 해서….

강인님. 핵교 잘 가고 있나요?
순댓국 힘 받아 오늘도 호오링! 해용.

오전 8:03

어젯밤 사다준 순댓국을 딸이 절반만 먹었다.
그래서 아침에 남은 절반 먹고 힘내기를 바란다.

강인님. 겨울비가 차분히 내리네요.
시험 전날 차분한 겨울비처럼 차분히
준비하길 바래용.
봉봉 아빠가~~~

오후 3:52

아빠도 파이팅~~

오후 3:55

내일이 수능인데 딸이 마지막으로 아빠 파이팅을
보내 주었다.
1년간 너를 통해 많이 배웠다.

나의 사랑 이강인에게.

지금 받아보지도 못할 편지를 또 이렇게 쓴다.
나중에라도 우리 딸이 답장을 해줄 것을 기대하지
만 설령 답장을 해주지 않더라도 서운하게 생각하
지는 않겠다. 달을 '따'라고 하던 시절. 김치를 '미
미'라고 하던 시절. 그리고 물을 '멈'이라고 하던
시절. 이제 모두 모두 지나갔다. 네가 태어난 지 만
2년이 다 되어 가니까 정체 모를 단어를 쓰던 시절
이 다 지나간 것 같다. 이제 한국인이 되어 가고 있
는 것이지. 너의 머리 구조가 서서히 한국식으로
바뀌고 있음을 알게 된다.

강인아!

한국인이 된다는 것, 한국식으로 되어간다는 것
이 과연 좋은 것일까? 나의 사랑 이강인은 과연 이
물음에 대해 어떻게 대답할까? 한국인이 된다는
것은 좋은 것도, 나쁜 것도 아니다. 세상에는 좋고

나쁘다고 판단할 수 있는 것도 있지만 그런 판단을 내려서는 안 되는 것도 많단다. 앞의 물음도 그런 것이지. 네가 아무리 발버둥쳐도 벗어날 수 없는 것이기 때문이다. 그런 것을 좋으냐, 나쁘냐라는 기준으로 따지게 되면 인생이 고달프게 된다.

사람에게는 운명이란 것이 있지. 그 운명이란 것은 따로 정해져 있는 것은 아니야. 때로는 너의 의지와 무관하게 벗어날 수 없는 것도 있지. 바로 지금과 같은 상황을 의미해. 하지만 너의 의지로 만들어 갈 수 있는 것도 있지. 그것도 운명은 운명이야. 개척되는 운명이지만 자신이 벗어날 수 없다는 측면에서는 지금과 같은 상황과 다를 바가 없기 때문에.

아빠는 공부를 하게 되면서 이 길을 운명으로 만들려고 노력해 왔다. 아빠가 큰 재주가 있어서 공부를 선택한 것은 아니야. 또 대단한 꿈이 있어서 공부를 선택한 것도 아니고. 하지만 일단 선택하고 나면 그것을 운명으로 만들어야 된다고 생각하는 사람이야.

강인아!

사람의 능력에는 한계가 있는데 다른 것들을 바라보면서, 또 후회하면서 그렇게 한다면 과연 얼마나 성취할 수 있을까? 한길에 매달려도 될까, 말까 한 것이 얼마나 많은데. 운명으로 만들면 자신의 삶에 대해 책임의식을 느끼게 되고, 그런 책임의식을 지키기 위해 열심히 노력도 하게 된다. 그런 노력을 해야만 자신의 능력보다 조금 더 나은 결과도 나올 수 있다고 생각하니까.

나의 딸 강인이를 얻은 것도 나의 운명이지. 그렇게 생각하기 때문에 우리 강인이에게 아빠가 해줄 수 있는 한 최대로 하려고 노력하고 있지. 물론 해준다는 것이 네가 하고 싶은 모든 것을 다 해준다는 것은 아니야. 또한 아빠의 생각을 너에게 무조건 강요한다는 것도 아니고. 하지만 만약 네가 진짜 하고 싶은 것이라면 이 아빠가 절대 방해하지 않을 것임을 맹세한다.

2001년 7월

그저께는 네가 부상을 당했다. 러닝머신에서 신나게 걷기 연습을 하다가 새끼발가락 부위가 찢어졌지. 피가 나는데도 너는 노는 데만 정신이 팔려 있었다. 두 손으로 손잡이를 잡고 발가벗은 상태에서 어정어정 걷는 모습이 상상되니. 그러다가 봐달라는 듯 슬쩍 슬쩍 옆으로 쳐다보기도 하고. 아직은 음만 대충 맞는 '----'라는 가사를 읊조리기도 하면서. 아빠가 피가 나는 네 발가락을 보고서 얼른 내려놓자 그제야 너는 '아빠 아퍼', '아빠 피', '아빠 피 아퍼' 울먹이는 목소리로 계속 웅얼웅얼거렸지. 병원에 갔다 오고 반창고를 붙였는데 절뚝절뚝거리는 너의 모습이 얼마나 우습던지… 네가 하고 싶은 일이 생기면 멀쩡하게 걸었기 때문이다. 또 그러다가 아픈 척하고 싶으면 절뚝절뚝.

강인아.
지금 너는 그 정도의 상처를 아무 것도 아닌 것

처럼 받아들인다. 상처조차도 엄마, 아빠의 관심을 끌기 위한 핑계 밖에 되지 않지. 참 좋은 모습이다. 사람의 몸이라는 것은 웬만한 상처는 금방 재생시킨다. 그러니 작은 상처 하나에 호들갑을 떨 필요가 없지. 너는 지금 그런 상태다. 하지만 자라면서 호들갑을 떠는 상태로 변할지도 모른다. 제발 그러지 말았으면 좋겠다. 약을 쓰지 않아도 나을 수 있는 것을 약을 써가며 낫게 하는 것. 그것은 한편으로 좋다. 수시로 자신의 건강을 체크하는 습관을 들게 할 수 있어 큰 병을 예방할 수 있으니까. 하지만 한편으로는 나쁜 방법이다. 조금만 상처가 나도 스스로 아물게 하기보다는 약이라는 외부의 것에 의지하게 되니까. 그런 것이 다른 부분에까지도 확산되면 마음의 병이 생기게 되는 것이지.

　스스로 할 수 있음에도 자꾸 다른 사람에게 의지

하게 되는 것. 또 조그만 일만 생겨도 남 탓을 하게 되는 것. 두 가지를 모두 만족하기는 힘들다. 그래서 사람들은 보통 하나만을 택한다. 아빠는 후자를 택했지. 우리 강인이는 과연 어떤 것을 택할까? 가끔은 두 가지 모두 잘해내는 사람도 있지만.

　나의 사랑 이강인. 쓰고 싶은 이야기는 많지만 시간 관계상 오늘은 이만 하겠다. 다음에 또 편지 보내마.

2001년 7월

할머니 댁 앞에 있는 소나무
딸과 같이 쓴 소설에 나오는 왕소나무 할아버지의 모티브이다.

나의 딸 강인아!

남들도 다 하는 것을 조금 잘한다고 자랑하지 않
는 나의 딸이 되었으면 좋겠다. 깨끗하고 넓은 집
에서 산다고 자랑하지 않는 나의 딸이 되었으면 좋
겠다.

맛있는 것 먹었다고, 비싼 옷 입었다고 자랑하지
않는 나의 딸이 되었으면 좋겠다. 입으로 고상한 말
만 한다고 자랑하지 않는 나의 딸이 되었으면 좋겠
다. … 자랑하지 않는 나의 딸이 되었으면 좋겠다.

남들 다 가는데도 따라가지 않으려고 시도해 봤
다고 자랑하는 나의 딸이 되었으면 좋겠다. 지저분
하고 작은 집에서도 살아봤다고 자랑하는 나의 딸
이 되었으면 좋겠다. 입에는 안 맞지만 그래도 맛
있게 먹으려고 노력했다고 자랑하는 나의 딸이 되
었으면 좋겠다. 허름한 옷이지만 그것만으로도 감
사한 적이 있다고 자랑하는 나의 딸이 되었으면 좋

겠다. 욕할 곳에서는 가장 험악한 말을 내뱉어봤다
고 자랑하는 나의 딸이 되었으면 좋겠다. …자랑하
는 나의 딸이 되었으면 좋겠다.

　이 모든 아빠 말을 따라도 안 따라도 나의 딸래
미 똥돼지를 사랑하는 아빠가 되었으면 좋겠다. 아
니 그렇게 될 것이다.
　이미 아빠는 그런 사람이 되었다.

2002년 7월

난 고3 아빠고 파이팅을 맡고 있어

초판 1쇄 발행 2018년 2월 14일

지은이   이기봉 · 이강인

펴낸이   황재은
교정   이현주
디자인   호기심고양이
일러스트   차상미

펴낸곳   비밀신서
등록   2017년 9월 15일 제2017-000249호
주소   서울시 마포구 독막로 96 리더
전화   02) 6014-7800
팩스   02) 6014-5800
홈페이지   http://www.bsincer.com
이메일   bimilsincer@gmail.com
트위터   @bimilsincer

ISBN 979-11-962068-2-6 10810
값 8,800원

이 도서의 국립중앙도서관 출판예정도서목록(CIP)은 서지정보유통지원시스템
홈페이지(http://seoji. nl. go. kr)와 국가자료 공동목록시스템(http://www.
nl. go. kr/kolisnet)에서 이용하실 수 있습니다.
(CIP제어번호 : CIP2018003911)